歌集

あめつちの哀歌

高尾文子

歌集　あめつちの哀歌＊目次

I

II

装幀　小川邦恵

歌集　あめつちの哀歌

高尾文子

Ⅰ

綺麗な桜の花をみてゐると
そのひとすぢの気持ちにうたれる

八木　重吉

（2015～2017）

二羽の折り鶴

白桜忌　桜桃忌　林檎忌　うつくしい忌日ののちに来る原爆忌

平成のヒロシマは雨、蘇りの奇蹟のやうに樹々を濡らせり

あの夏のぼろぎれのやうな人体に瞑目す広島平和資料館
石段に灼きつき遺る人間《ひと》の影そを見つ世界の千万の目は
千万の目のそそがるるヒロシマの広場あゆましき長身のひと

歴史的一頁といふ日を飾るオバマ大統領の二羽の折り鶴

モノクロの映画「黒い雨」大型のテレビ画面を汚しつつ降る

もう遠い過去とは言へずわが書架の三鬼の卵・邦雄の生卵

広島や卵食ふとき口ひらく　（西東三鬼）

突風に生卵割れ、かつてかく撃ちぬかれたる兵士の眼　（塚本邦雄）

晴天の朝

核の世の標的に絶えてなるなかれランドマークタワー夏空に輝る

「晴天の朝、空から死が降ってきて、」詩のやうに聴く大統領所感

二〇一六年五月二七日

バラク・オバマの二羽の折り鶴翔び立つや七十一年前の空まで

被爆死の米兵捕虜らの慰霊碑を被爆者は建てり一つ祈念《いのり》に

森 重昭氏

ヒロシマにナガサキにパールハーバーに謝罪迫れる声いつまでも

さらさらと笹の葉祀らむ人類が人類をほろぼす核もつ星に

天体に星座の位置を定めたる大き手も視ゆ　こよひ七夕

羊飼ひも羊らもとうに知つてゐた幾億の星ちりばめし手を

『クオ・バディス』少女雑誌に読みし日の挿絵の道に立つてゐた人

渾身に舟越保武彫るといふ受難の死「その人」に逢ふ北の旅

岩手県立美術館

原爆忌めぐりきて想ふ美術館の灯《ひ》に浮かびゐし「その人」の表情《かほ》を

雨霰のやうに降つてきた焼夷弾……父母かたりけり比喩あざやかに

丘に佇つ

港の見える丘にのぼれば百の薔薇わたくしを待つ逢瀬のやうに

遅咲きのばら咲く丘の文学館に須賀敦子稀有なる旅路照らさる
神奈川近代文学館「須賀敦子の世界展」

霧のむかうに住みたい——日本の枠外に生きて文体と孤独得しひと

世に出でし六十一歳、世を去りし六十九歳、その間《かん》の五冊

須賀敦子の思索尋《と》めむと朝霧のスバシオの丘に佇ちしよわれは

イタリア・アッシジ

やり直すべき旅ひとつが残されてゐるとささやく白ばら黄ばら

ばら一輪の神秘も知らずパソコンに指示されひと日キー打つてゐる

丘の上の聖堂に献金箱あれば五分のたましひ差し出すそつと

第二の故里いつか本当のふるさととなつて霧笛に胸襟ひらく

郷愁も用なきものとなるまでにふたひらの手の積みし歳月

落日の海の架橋をながむれば神々しくも死が渡りゆく

長島架橋

――「人間回復の橋」とも呼ばれる

ともしびの明石海人うたを棄てず生きぬきし島に橋架かりたり

一九八八年五月九日　開通

療養島と本土へだてし昭和の歴史　ふるさと瀬戸の青い海峡

ハンセン病患者特別法廷を〈非〉とするかくも永き歳月

言語に絶する病苦と孤独……高安国世の序を再読す君が歌集に

——太田正一歌集『風光る』

「塔」創刊二十五周年記念といふ『風光る』ひらけば響く潮さゐ

話題作あまた華やぐわが書架に世にとほく黙《もだ》す歌集たふとき

患者らの悲願に成りし長島架橋　盲目《めしひ》の太田さんも渡りたまひき

ふるさとはとほきにありて憶ふもの　橋架かるとも身は癒ゆるとも

「うからに忘られ果てて」と詠ひしを相会ふや母と天つみ国に

長島のすでに朽ちたる患者用桟橋を幼き足も踏みしか

われの歌集「聴く」といふ君その一生《ひとよ》視力失せ隔離の小島にありき

瀬戸内のおだしき島嶼よ橋一つ架かれりにんげんを取り戻す橋

一音一音

「春の海」弾きし若き日かへらねど一面の琴われに寄り添ふ

恋ふる日のこころに弾きし「春の海」琴爪三つ花びらのやう

弾きぞめの「六段」「十段」わが指にゆび添へたまひし母もいま亡き

諸手もて母が締めくれし琴の絃一音一音に愛宿すなり

われの血を継ぐ子その子ら祝箸に七つの名しるす春の墨の香

いのち見守る職務にあれば三が日の息子の予定聞くことはせず

オレンジ色

映像の砂漠にひとときは映ゆるゆるゆゑ哀しくて怖いオレンジ色は

オレンジ色の衣服着せられ人質のいくたりの記者ら露と消えたり

縛されし砂上の表情《かほ》をあざあざと世界へ配信するユーチューブ

蟻さへも踏まずあゆむとイスラム教徒まこと訴ふ首都の路上に

曠野吹く風の文字かもアラビア語ながれながれて限りもあらず

鬱勃と暗雲湧くごと侵略し変容す世界地図の中東

概算といふ数字もて括らるる今日の死者数異郷のテロの

爆弾を胴に巻きつけ自爆する　男にあらず女と報ず

ここより先には行かないはずの線がある国家に個人に、われの歌にも

暴力の吹き荒るる世にがん病める子らと大ホールに聴く協奏曲《コンチエルト》

地の水

縄文の世の岩間より流れ来し水かもシンクのわが掌にあふる

縄文のをみなら が土器に満たす水きぬぎぬの袖も映すその水

八月の焦土おほははの掬ふ水　むき出しになつた水道管の

ことばの森に迷ひし真昼書を閉ぢてやはらかな水にまなこ洗へり

ふつくらと厚手の土鍋に水そそぎ少子高齢化こよひうべなふ

切支丹の島の御堂《みだう》に素朴なる聖水盤ありきたましひのごと
ヨルダン川の水そそぐ人もそそがるる人も謐《しづ》けし名画の中に

——フランチェスカ「キリストの洗礼」

地の木

十字架の木は何ならむ風説に花水木といふレバノン杉といふ

垂直と水平に組まれし二本の木　死を架けむなど思はざりしを

高く聳ゆるものは沈黙することを識るべし千年の屋久杉あふぐ

目と鼻と口与ふれば棄てられてゐし木片もみほとけと化す

虫喰ひの穴も誇らか幾万のいのり聴き溜めし木端仏《こつぱぶつ》かも

むらやまのやまとにあれば息絶えし木も復活す尊像として
来鳴く鳥すずしき風も抱きながらここにかうして佇つ立木仏《たちきぶつ》

カペル橋

受信トレイに匂ひたつなりアルプスの水に育ちしスイスの桜

ひとり異国に学ぶ桃子《たうこ》へ写メールす総身光らせ咲いたさくらを

黒髪をたいせつにせよカペル橋にほほゑむ乙女試験も終へて

ジュネーブのわが菜摘子《なつみこ》よ国境もかろやかに越え一人旅する

あすの世界を汝れは踏むべし内戦の母国苦しむ友と出逢ひて

県立高校文芸部

同郷同窓たいせつにする人しない人　大切にする人とけふ観る桜

進学校の若さ息苦しさのがれ仮想にあそんでゐた文芸部

文化祭のテーマは〈郷土の作家たち〉まづは白鳥、次に百閒

正宗白鳥・内田百閒

うぶすなの百閒川を筆名にして帰郷せず逝きたる作家

岡山市を流れる川

田畑うつ手に詩を生みし永瀬清子　力あるこゑにその詩読みけり

歌ふごと覚えし助動詞の活用形〈らりりるれ〉小さな鈴がころがる

＊

秋風の運び来し同窓会名簿ひらき確かむ生よりも死を

即かず離れず心の距離をたいせつに保ちし無二の友も逝きしか

きみの道われのゆく道たがへたる日の城あとの深きつゆじも

濃くはなく淡くもあらぬ感情にひとをぞ想へ秋澄む朝は

終止符をきっぱりと打ちランボーの詩作は十九歳までのこと

火事

〈おもてなし〉に心奪はれゐる国の老いの孤独死紙面の隅の

三畳に十年《ととせ》を孤り住むといふ首都の人生あぶり出す火事

身寄りはないと語る老いびと自が砦三畳までもあはれ焼け失す

燃えやすき簡易宿泊所ある街を国見すやランドマークタワーは

ひとを待つ桜木町駅の書店にて「家族は幻想……」拾ひ読みする

孤独死をなぜ哀れむと詠みし人よひとたびの死をひとりで逝きぬ

観桜歌会果つれば観月歌会決め終らぬ戦後を生き急ぐかも

空にバラ地にスズランのわが庭に出自不明の猫けさも来る

描き尽くすなり

「柘榴の聖母」「岩窟の聖母」西欧は杳《はる》けき母を描き尽くすなり

幼な子を抱く母の手は働く手「糸巻きの聖母」夜半も紡ぐや

レオナルドの描きし神の子はだかの子　無所有つらぬく生涯なれば

真はだかにして血の肌《ハダヘ》と沼空の詠みしか幼な子の終《つひ》のすがたを

園庭の石像まりあの手のうごく須臾あり　八月十五日真昼

聖母子像あふぎつつ想ふわが生《あ》れし日の真はだかを抱くははの手を

亡き母へ送る手紙はパピルスにしたためむ千載のちひらくため

件名

息子へ送るメールの件名〈母〉一字　それ以上以下の言葉持たねば

返信は〈了解〉二文字　たまづさの文ならねどもほんのり灯る

月の光

内戦の祖国脱出するボート渡りきるべし月下の海を

百千の異見はあれど乳飲み子も乗るゆゑあはれ木の葉のボート

焼け野原を知る月が言ふ（戦災は天災とはちがふ……）こよひ十五夜

月見草咲く吉備のくに発ち征きて幾星霜か　たちゆきしまま

くらい森の奥ひつそりとふつふつと呪詛のごと湧く葉月の泉

イエス売つて銀得しユダの夜半の手を照らしたはずだ月の光は

にんげんを枯れ木のやうに積み重ね燃やす残酷アーカイブスの

絵葉書のヘブライ文字の収容所わがともしびは照らすその屋根

ガス室に消えし幼女の遺す靴　くつひも結ぶちさき手も視ゆ

隠れ家のアンネ・フランク美少女のまま生きつづけなほ告発す

たましひの季節

超百寿など驚かぬ旧約の二百歳などあたりまへです

青年は身体の季節、中年は知の季節、わたしを送る季節よ

老年はたましひの季節と称すらし魂たちがさまよふ街か

みごもれるわれはばら咲く丘の上にキリストの花嫁となる友と逢ふ

いばらのかんむり戴く終生誓願式の日も遠くきみは老修道女

かんばせに刻まれし皺うつしゐのマザー・テレサの丈高き老い

ゆく秋の世界を神を視るやうにぬれぬれと瞳ひらくみどりご

あかちひく三〇〇〇グラムあやし抱く少女らいのちを学ぶ授業に

乳足《ちた》らひて眠るみどりごふたひらの手は青い夜の銀河つかむや

ああやはり事実は小説より奇なり転落死の老い餓死のをさなご

水のはなびら

春さなか烏城《うじやう》を過ぎて月見橋わたれば昔のさくらに逢ふや

ふるさとの桜が一番と追憶す若きひとみに仰ぎしゆゑに

おとろへし最晩年の母が掌に触れしめしさくら備前のさくら

ぬきんでて仄白く立つ老い桜とほく甦《かへ》り来し父かとおもふ

たはやすく死は来るものか疑ひもなき訃報なり朝の受話器に

角宮悦子さんを悼む　四首

「桜の頃に、またね」と約したるきみが咲く日散る日を見ず逝きにけり

たつた二度の訪問診療受けしのみ　歌誌「はな」の夢あまた遺して

きみが夫《つま》のかひなに終《つひ》の息絶ゆと聞けば安けくあらむその死も

桜まつり果ててさびしき大岡川に寄りあひ離れ水のはなびら
横浜港にそそぐ川

過激派の自爆死つづきふかぶかと憶へよ桜花の島の回天

ぬばたまの曚《くら》い海ゆく回天の中にゐた義兄《あに》　生きて永らふ

日干しレンガ搬ぶ裸足の子らよ文字のよろこび知らず青い地球に

花のもとに敷く花茣蓙に鳥がくるそよ風がくる亡きひとも来る

七言古詩

もう一度逢ふ日はないか顔色《がんしよく》を惜しむ七言古詩の少女よ

美男子で琵琶の名手で素行悪《あ》しと聞く唐《から》びとの古詩愛誦す

——劉　廷芝

高濃度ヒアルロン酸たつぷりのマスクして洛陽の桃李しのぶも

暗転の舞台か樹下の青年もたちまち白頭翁《はくとうをう》となるべし

年年歳歳の古詩胸に抱くよはひなり飛び来たり飛び去るものを抱くなり

結実をなさぬゆずの樹　理由など問ふまいそんな恋だつてある

たぶん小声にかしこきことを言つてゐる藍色微塵けさのつゆくさ

オペラ「夕鶴」

むかしむかしの村に雪降り野の花のやうな子ら鶴の化身を囲む

はてもなく時空の彼方へしろがねのソプラノ透る佐藤しのぶの

人体は即ち楽器、コロラチュラソプラノを歌手に賜びしは神か

輪になつて村の子ら舞台につうを呼ぶ世の汚濁なきものを呼ばふよ

つうを慕ふ使徒かも十二人十二色の衣装きよらに合唱の子ら

——杉並児童合唱団

世の別離知らねど唱ふわが少女　舞台のそら逝く一羽のために

ゆめまぼろしの異類婚姻の愛ゆゑに苦しむや白妙の羽をもつもの

ほしいまま

炎《ひ》に燃えしのちの虚ろを語るため散らねばならぬ紅葉一樹

ほしいまま庭ぢゆうに咲くほととぎすゆれゆれてあはれ除名の久女

いにし世の簾うごかす秋風に一人を待つやおほきみの屋戸

熟田津に船出せむ夜のおほきみの流離を照らせけふの満月

月球が創られたのはいつ、どこで、だれに、芒の原で言問ふ

「かぐや」「おきな」「おうな」新たな物語加筆するべく月へと発たす

竹取りのおきなおうなは佳きこゝろに物言ふをみな児の来る日待ちをり

璃子　二首

「おもふ」の字「おもう」と読むこと知つてゐる十歳と書架の整理愉しむ

「賜ふ」ではなく「玉ふ」とぞ書き遺す天草本の表記やはらか

わたくしか、わたしか、われか、一人称に少しづつ違ふ表情ゆらぐ

白蛇伝説

呼吸するものの親しさ温かさ踏みしめ踏みしめ木の橋わたる

いつぽんの釘も使はず大虹の弧を誇りをり錦帯橋は

いつの世も人は対岸を恋ふるもの対岸の灯を、灯ともせる手を

基地の空を知るや知らずや岩国の〈シロヘビ館〉にうまいする蛇

神々のやまとの国か白蛇《はくじや》さへ神となり果つ無菌ケースに

踏むがいい

いづこかにまだある昨日に逢ひたくて備前備中ゆく一人旅

けさひらくメールに君がまなざしは見えねど見ゆるごと返信す

『沈黙』を如何に読むかと問はれをりパソコンに青い海が広がる

かの時代否定されたる『沈黙』について語らふネットの渚で

踏むがいい……。その人のこゑ聴かむため書きつづけしか遠藤周作

はるか死海の塩入り乳液あがなひて仄か聖地の香を身にまとふ

あすは死ぬ人のやうにもまなこ閉ぢキリエ・グロリア・クレド聴く真夜

要る人のために差し出す愛のあり　宗教ならず臓器移植のこと

わが若く学びしシスター渡辺和子〈置かれた場所〉を説き帰天せり

——著書『置かれた場所で咲きなさい』

イースター過ぎてしづけき聖堂の長椅子に座す世に亡き人と

もう何も持たなくていいと言ふやうにわが額《ぬか》に触る桜花一枝は

散文的日々のがれむと『文語訳 新約聖書』ワイド版購ふ

ひとり聴くＣＤ「オールド・ラング・サイン」若草に坐してゐた遠い日よ

大スペクタクル

汐風の〈みなとみらい〉に出現す巨大テントの世界猛獣ショー

最大級、大スペクタクル、大サーカス、日本大上陸のホワイトライオン

疲弊せし故郷の戦後同じ学区の木下さんのサーカスを見き

木下サーカス　世界三大サーカスの一つとなつて今日邂逅す

サバンナの孤独と檻にゐる孤独語れよサーカス団のライオン

ぴしぴしと床打つ鞭に六頭のライオンおのれの定位置に坐す

演技終へ百獣の王去りゆけりかなしみ深き王のごとくに

*

綱の強度確かめし古代エジプトに綱渡り芸の源ありき

元治元年あめりかのサーカスがやってきた、猛獣も来た、横浜に来た――

しなやかに落下するのも演技にてゆあーんと宙に笑ふブランコ

動物愛護の国にサーカスの王者なり鬣《たてがみ》はもう風を忘れて

疾駆する夢すてし巡業の獣らの耳にとどくや夜々の霧笛は

道化師は戦地へ征きぬ　猛獣は毒殺されぬ　昭和史の隅に

風光る野《の》毛《げ》大道芸だぶだぶ服のピエロは遠世の詩人かもしれぬ

モスル

やはらかき綿布モスリンの発祥地〈モスル〉を蹂躙したるＩＳ
淡青のモスリンコットンいつぱいに広げた秋空裂く戦闘機

青い無窮の空からサリンを撒く手ある世紀に生《あ》れてあはれみどりご

哭《な》く父のかひなに抱かれ死んでゐるシリアの双子零歳のまま

百歳の死も零歳の死も一生《ひとよ》　たまきはるレクイエムの響る空

橋を架ける手　壁を作る手　にんげんに核のボタンを押す手もあつて
シマウマの縞フラミンゴの脚の数かぞへきれない　テロの死者らも

四人姉妹

笑みながら待ちくれし姿けふはなき宝塚駅に降り立つ初秋

亡き母が再びベッドに臥してゐるやうな面差し　あねをかなしむ

四人姉妹の長女ゆゑ重く背負ひ来し月日の果てに発話うしなふ

ははそはの胎頒かちたる姉の病む手足撫づればわが身のごとし

はらからは仲よくと父言ひ遺す　はらからは永久《とは》に少女ならぬを

いくつもの別れのためにいくつもの逢ひかさねるや姉と妹

経管の食《じき》摂るひとりを置きて来し車窓に不動の千年の富士

＊

風にさへ声あるものをわが姉はにんげんゆゑにこゑ奪はれぬ

療養型完全介助の個室にて季節知らざるいのち生かさる

妻を母をもう辞めしひとよ時のかなたの少女に帰りふつとほほゑむ

うら若き父母と並べる四人姉妹の家族写真の中の昭和史

焼け跡の黒人兵も帰還してうからを得しや幸せを得しや

ことば失ひ病み臥す五体にしろがねの翼をたまへ永遠《とは》へ発つ日の

遺されし姉のうた幾首さびしかり右手麻痺する前の佳き文字

泥で造つたからだは土に還るのか　しのぶもぢずり咲かせる土に

知覧まで

青春ののち続くべき一生を断たれしものらに逢ふ初夏の旅

戦争は、戦争だけはだめですね。死を視し南島の老女つぶやく

滂沱たる涙に濡れしか出撃の一時間前に記されし遺書

十七歳の出撃直前の遺書読めば目に痛く沁む知覧の若葉

特攻前夜を腕相撲する、仔犬と遊ぶ、写真に聞こえる声なき声が

戦争を知らない息子も壁一面の若き遺影に長くたたずむ

「おかあさん」と書き遺す文多かりき　垂乳根の母へ　柞葉の母へ

若桜などと誉められ十代の、二十代のいのち海に燃え果つ

特攻の兵に手を振る乙女らの白い手よあすも振りつづけゐよ

II

詩人はランプに火をともすだけ――
みずからは――消えていく――
E・ディキンソン

(2018～2020)

紡がざるもの

巨大な壁に執する人が歴訪の途上〈嘆きの壁〉に祈れり

さすらへる首都エルサレム、さすらへる民の怒りの渦巻く聖地

見ざれども既知のやうなるエルサレム磔刑の丘も荒れ野の花も

かの人の絶え絶えにかつぎし十字架の重さを知るや風のシーダー

バラバではなくその人を！　愚かなる群衆は叫ぶ昔も今も

革命などなき平成のあさぼらけ体重を計つてもらふ香香《シヤンシヤン》

強からぬ弱からぬ力にいとし子をくはへ運ぶもパンダの母は

日本人の書きし英文の『日の名残り』和訳にて読むふしぎな時代

カタカナのカズオ・イシグロどつと積む書店　人麻呂より千年後

相聞と挽歌との距離ゆるやかに近づくころを晩年といふ

終油の秘跡うけて世を去る葛原妙子　青くすずしき断念ならむ

今日ありてあすは炉に燃す野の花の一生《ひとよ》紡がざるものを恋ふべし

四十一年前（一九七七年）の春に遡るが、横浜の地で馬場あき子先生・岩田正先生にご指導して頂く機会に恵まれ、その翌年「かりん」創刊に参加することになった。創刊号に身を置くことの出来た幸運は、顧みて千載一遇のことであったとつよく思う。韻律とは何か、折々の教えの言葉を胸に四十年余の永い歳月を積み重ねてきた。

かつて名作『野火』を読み、新約の言葉が引かれている「野の百合」の章に深い感動を覚えた。洪水のような今日の情報社会の中で、野の花の「労せず、紡がざるなり」の意味をわたしの歌に問い返してみたい。

——「かりん」40周年記念特集号作品＋小文

れくいえむ

日本国憲法公布の日をえらび岩田先生逝きたまひしか

二〇一七年一一月三日

みひつぎにけふ純白の花ささぐ純白は百の辞《じ》にまさるゆゑ

師を決めることは歌よむ人生を決めること――、箴言に似て師のことば

のびやかな文字にいただく幾葉《いくえふ》のはがきの結語も歌に及びて

イヴ・モンタンの枯葉愛して三十年妻を愛して三十五年　（岩田正）

「妻を愛して三十五年」ののち永く詠み継がれたり世界への愛を

しら飯を二つの茶碗によそひつつ相対きて食ぶしら飯は愛　（馬場あき子）

「しら飯」はまことと愛なり好日の先生お二人のぬくき食卓

柿生《かきお》の丘のリビング歌論に夜も更けぬ　はるなつあきふゆ四十年を

死者たれも永遠を生きてゐると説く深夜のミサの胸にぞ沁むる

電飾に眠らぬ首都のイヴの空まづしき御子《みこ》の馬屋はいづこ

ひたすらに子の帰還まつ父母のをり昭和の戦争・平成の拉致

最終の人生を佐渡に定めたる軍曹ジェンキンスさん佐渡に死す

ヨコスカの基地近ければ空ゆ降る轟音に敗者であつた日甦《かへ》る

大きな死小さな死

詩人はランプに火をともすだけ――ディキンソンの掌篇ひらくこころ渇く日

ひめやかに終生無名に書き遺す詩を照らす机のＬＥＤは

大きな死小さな死なんてないといふ　草の穂つかむ空蟬が言ふ

惜しみつつ〈削除〉を押せばアドレスに宿る人生一瞬に消ゆ

わかき日の君が筆跡まなうらに残りゐて一生涯の友情

夏果ての「のぞみ」隣席たれも来ず夢の中でも人を待ちをり

どこまでも深い蒼穹あの奥にかぞへきれない愛が待つなり

容　姿

軍用機の窓枠や何かが降つてきてまた聞く「遺憾」といふ見解を

古代ギリシャの政治家は容姿も問はれしと力こめ語る塩野七生は

イランのデモ聞きつつ最後の王朝の美貌の后妃の亡命しのぶ

アウシュビッツのけふ慰霊祭粛然と涙の谷を生き来し老女

〈幸福度〉世界五十位以下の国に晩年の夢いかにうたはむ

絵本の川

亡き母の置き去りゆきしたましひか白桃ひとつわが掌につつむ

むかしむかしのおきなおうなに天与なる桃ながれ来しふるさとの川

張りぼての巨大桃作りし学芸会　いくさに征かぬ男《を》の児生《あ》れこよ

桃の流れし絵本の川に炸裂し炎上し焼夷弾の水無月

同郷の高畑勲氏　真夜中の岡山大空襲を知る祈りのコンテ

一九四五年六月二九日

「火垂るの墓」のアニメに燃え立つ空襲の火焰は幼くわれも見しもの

火垂るの墓の少女とシリアに死ぬ少女　時空たがへど哀憐一つ

わが胸の底ひに光る水辺あり焦土の花をいまも育てて

黄の連翹ほつほつ咲けば吉備の国の黄のきびだんご食べたくなつて

風の手よ今もめくつてゐるだらう野に置き忘れしわたしの絵本

ひらかな

懸命に覚えしひらかな書きつづる「ゆるしてください」五歳の幼女

船戸結愛《ゆあ》さん

どんなゆるしを父母に乞ふのかこの世見てたつた五年《いつとせ》児が遺す文

ちちははの虐待の果て飢ゑて死ぬ児の結愛《ゆあ》といふ命名あはれ

ひらかなの次に漢字をまなべたら自が名「愛」の字に出逢へたものを

守秘されるはずと信じて真実を書いて十歳　父に殺される

栗原心愛《みあ》さん

瓜食《は》めば栗食めばとぞ慈しむ古歌のはるけさ……虐待の記事

ふしぎな国にわれはゐるのか朝刊の写真虐待死した笑顔の児

広辞苑ひらりとめくれば親宝・子宝やまとのこころに出合ふ

＊

追憶の冬の風景　園庭の捨て子をかひなにいだくシスター

カトリック女子大夏期のミッションに花咲く丘の孤児院を訪ふ

遊びせむとや生《あ》れて家なき子・親なき子　大波小波の縄跳び光る

うつくしき斉唱「鐘の鳴る丘」にしのぶも敗戦国の孤児たち

地下鉄の座席に捨てられし戦争孤児の一生を読むけふ地下鉄に

——浅田次郎著『おもかげ』

何があつても家族が大事　地吹雪に卵の位置を正すペンギン

乳母車の天使笑むゆゑエレベーターの空気ゆるめり雪解《ゆきげ》のやうに

愛されてゐよ

をさなごの髪を結ひやる祖母の手に世々のおほははの手もかさねらる

カチューシャの髪飾りわれに見せにくる児よふつくらと愛されてゐよ

未来ばかりの白い手帳に祖父祖母の誕生日など記す愛《は》しき児

おほははの膝はふしぎな椅子のやう笑ふ児泣く児寄りきて憩ふ

ここでいいのか

花びらをひろげ疲れしおとろへに牡丹重たく萼をはなるる　（木下利玄）

牡丹重たく萼をはなるる利玄歌碑　花にも別離あることおもふ

行きに遇ひ帰りに言問ふ此処に立つ一樹よずつとここでいいのか

あまやかに人想ふごと死をおもふ春のあけぼのしらうめひらく

〈平民の道と貴族の心〉とは紅梅白梅の香にぞ似るらし

——空穂を読む

春のおと秋のおと

第一回全国大会伊豆の宿に逢ひしよ髪ながき寺戸和子さん

票数集計お願ひしますと寺戸さんわれに声かく「那古野《なごや》」の歌会

寺戸さんの急死信じずあすのために浄めし珈琲カップあるものを

割付けの机に歌稿めくる音　春は春のおと秋は秋のおと

みづからの死の日知らねば安けくてけさは愛づ金雀枝のゆるるひかりを

春山われは、秋山われは、万葉の代より競ふをうたびとと謂ふ

翁長知事

こころざし半ばに病むや翁長知事の痩身つつむ朱夏のカリユシ

黒き帽ぬぎて慰霊の辞を述ぶるその人を死なしむなかれ沖縄

唯一の地上戦ありし南島の知事死去速報に何かが止まる

オキナワの底の底ひの悲は知らず蝶形花デイゴを仰ぐわが旅

ざわわざわわ　森山良子を聞く真昼にんげんを焼き尽くす鉄の雨降る

物を書くわたしの机上の小世界青い山河も荒野も在りぬ

備中の里

ふるさとは秋ふかむころ屋敷木の標顔《しるべがほ》なる松も老いしか

備中のきみが生地をわが里と今はうべなふ月日の果てに

階段箪笥あがりおりして喜びし子も忙殺の知命となりぬ

きみが祖の一切合切を相続す山林、田畑、すこしの矜恃

ふるさとの庭の千草も虫の音もたふとき遺産と愛《かな》しむものを

老いたまふ両陛下立たす被災地の祈りの旅の備中備後

日本史にわが知るのみの上皇とふ尊称に遇ふや平成果てて

荒野のマナ

石の、泥の、水の威力を識《し》るべしと造物主あらばこゝに糺すや

北海道胆振東部地震

震度7に薙ぎ倒されし荒野《くわうや》にて白い湯気たつ炊き出しの湯気

一階と二階生死を分かつなり悲しみは消えずこの指呼の距離

断水の被災地されど自衛隊の仮設風呂ひねもす暖簾ゆらげり

北大の相撲部ふるまふちゃんこ鍋　無償の鍋がぐつぐつ熱い

永く苦しく荒野さすらふ民にしも天は恵めり奇蹟のマナを

——出エジプト記

チャンネルを変へればここもまたここも飲食《おんじき》ばかり平成晩期

『極上の孤独』が売れてゐるといふ独り居六百万人の国に

メイ首相あらたに設けし〈孤独担当相〉重要課題と位置づけられて

群れの中の孤独はひとりの孤独より寂寥あるや広場の鳩よ

木々さやか庭にむらさきの鳩いこふ日は須賀敦子の詩集ひらかむ

――『主よ　一羽の鳩のために』

ノートパソコン画面の奥の奥に視ゆきのふの荒野あしたの荒野

信濃町秋天

白一色のただにまぶしい新病棟の一号館九階へ辿りつく秋

シャワー・洗面・トイレ・眺望《ながめ》もさらに良しされどもここは夫《つま》の病室

個人情報守るため病室の名札消え番号のみの存在となる

妻ですと名のればゆるらにドアひらき病棟といふ異界あらはる

病室の窓に新国立競技場のクレーンが〈未来〉を吊り上げてゐる

詳細を極め麻酔のレクチャーを受けたり術前の患者と家族

名にしおふ腹腔鏡下手術にて気鋭外科医にすべてゆだねむ

いちにちに大小百余の手術ある白い巨塔に目ざめし夫か

術後の覚醒待つ高層の窓の辺に暮れゆく首都のともしびを見つ

随行の旅終へしとふ先生の白衣涼しく診察室に

胃にカメラ飲むとふ言葉つくづくと思へばをかし大道芸のやう

家持も額田も知らずにゐたものを人体の闇照らすＰＥＴは

術前術後の父を支へし息子きて退院のけふ菊日和なり

背負ひきれない重荷を神はあたへずと誰《た》がこゑならむ秋天仰ぐ

ブラウニングの朝

クローバーつんつん光り椋鳥の黄の脚踏めよ地雷なき地を

ブラウニングの春の朝かもわが庭に雀らまろび鵯《ひよ》は水のむ

真つ先に餌を食む一羽と待つ一羽　遅れるといふ幸ひもある

精いつぱいひろげし石蕗《つは》の大き葉に祝祭のごと朝露みちて

うた一首かんがへる間に蟻たちはパンくづを巣に運び終へたり

〈神そらにしろしめす〉とふかの訳詩口ずさみしかスマホなき日に
――『海潮音』

戦場に神は居なかつた……。ふかい深い独白を聴く映画なれども

時は春　庭の木陰に虹いろの鳩憩ひイースターも近づく

惜別

いつかまたと約し逢へざる遠きひと憶ふも結句のなき歌のごと

読まない本、眠れる食器、着ない服、ゆたかさはモノと信じし世代の惜別の情もて廃棄決めし本『人間失格』『絶対の恋愛』

おもひでは捨て得ず書架にまた戻す原本影印の源氏「はしひめ」

亡き師の蔵書三万五千冊寄贈する記事読めば講義のころ甦る

——近世文学・金井寅之助先生

もつことはしばられること。アマゾンが運んでくれた詩集のことば
もたぬことはとびたつこと。ああ庭に来し鳩よおまへのことばのやうな

灯のもとに

韃靼海峡わたりし蝶か化身して黄に咲く窓辺のオンシジウムに

山吹も散つたよ紫蘭がひらいたね　いのち得しきみと卯月の会話

はつなつの灯のもとに父の手術痕診てくるる子も知命こえしか

百年後の医学のために登録すブレイン・バンクのある街いづこ

九十歳の胸に荒野《くわうや》を残すとふ表現者橋本喜典氏の訃報

「聖職者渡邊和子」とわが師をも詠みたまひけり終《つひ》の歌集に

——歌集『聖木立』

天才歌人の十五のこころ吸はれたる無窮へ飛び発つ〈はやぶさ2〉は

腰太く大地踏み立つゴーギャンのをみなに逢へず銀座ゆきゆく

白萩の秋なり大掃除手伝ふと来しジーンズの脚長乙女

形象埴輪

いくそたび敗戦忌きて祈れるをまた言ふ戦争で島を奪へと

暴言失言暴言失言くり返すそらみつやまとのくにの為政者

殉死を廃すため造られし形象埴輪ながめつつおもふ戦死とふ愚を

記紀の世も女人は産むべき性ならむ土物《はに》なれど尖る乳房かたどる

朱い漆の姉のこつぽり妹のこつぽり　空襲のもうない道だ

ノートル・ダム燃ゆ

晶子も仰ぎわれもあふぐを仏蘭西のたましひノートル・ダム大寺院燃ゆ

二百年かけて築きし荘厳を一夜に喪ふ悲劇この世の

尖塔崩落後の溶暗に祈るこゑ　われらの聖母《はは》よノートル・ダムよ

幾世紀誇りかにパリの空を刺す尖塔敗者のごと崩折る

死の近き姉のため祈《ね》ぎし祭壇もテレビは映す火事現場として

薔薇窓のひかり受けたるロザリオのひそと鳴りしよ姉の柩に

つば広の帽子華やぎ巴里をゆく近代短歌史の中なる晶子

新聞の太き三文字〈空母化〉を晶子世にあらばいかに詩《うた》はむ

なみだぐむ読書の少女置き去つていまいづこユゴーの鐘つき男

ことはに花の都のシテ島に物乞ひの老婆皺の手ひらく

聖母被昇天の八月十五日または敗戦忌　しろがねの空

あの日の真実

――元米国従軍カメラマン、ジョー・オダネル氏撮影
「焼き場に立つ少年」の写真によせて。

令和元年はじめての朱夏、異常なる酷暑豪雨にあへぐ列島

戦後なのか戦前なのかうちけぶる七十四年目を咲くやひまはり

長崎原爆直後の少年を撮る写真　モノクロににじむ深い沈黙

息絶えしをさな児を背負ひ原子野に遺体焼く順番待つ少年よ

投下後の地平にただ立つ少年のおんぶ紐死児をしつかりと結ぶ

かくも長き戦後を写真の廃墟にて立ちつづけゐる裸足の男《を》の子

〈焼き場に立つ少年〉は今日かなたなるローマ教皇のこころ動かす

初来日まぢかき老いし教皇を迎へむ被爆国の邃《ふか》いあをぞら

戦争のもたらしたもの限りなし　にんげんも魔法のやうに消されて

早稲田卒、満鉄勤務、二十六歳、新婚の叔父の戦死地不明

たたかひの語りべたちも老いしるく慰霊につどふ杖に車椅子に

はろけくも海こえて夏ナガサキの地に帰り来つ被爆十字架

手と手

左手に全身全霊の音を得し舘野泉のピアノ「シャコンヌ」

左手のピアニストも盲目《めしひ》の検校もわが生照らす音楽たまふ

宮城道雄の名曲「水の変態」の手事《てごと》を譜本に読む星月夜

太陽に諸手かざせりみどりごのおむつ百たび替へしとほき日

いくたりの尊き脳を解剖すその手にワイン注ぎくるる子よ

キング牧師に、中村医師に、引き金をひきし刹那の手は痛からむ

温暖化すすむ宇宙の底にゐて手のひらは受く朝露夜露

二十五絃箏

入門をのぞみ訪ひし日甦《かへ》り来つ箏曲家野坂恵子逝く秋

代官山の閑静な街きこえくる調絃の音《ね》を頼りて逢ひき

楚々として若き母なるきみが十指みな発光す絃に舞ふとき

音域を拡げむときみが制作す二十絃箏・二十五絃箏

「六段」とミサ曲「クレド」似るといふ　調べは祈り　いのりはしらべ

幾星霜めぐり歌詠むわれの辺におもひでを抱き黙《もだ》ふかき箏

絃のもつ無限を追ひしか野坂恵子　聖マリア大聖堂に旅立つ

花のうたげ

生きた、愛した、描いた、激しき生涯の三岸節子の「さくらがさいた」

「桜を見る会」の内幕あばかれて花のうたげも暗みそめたり

招待者一万八千人余り　観桜の精神《こころ》にたがふその数

かなたには貧者らと昼食共にする人ありと伝ふ世界のニュース

スラム街に働き豚や鶏《とり》を飼ひし人がバチカンのベランダに立つ

旅路の果てに

白いベール深く被りて祈るひとよ浦上天主堂の八月

アメリカより返還されし被爆十字架　戦後とふ長き旅路の果てに

被爆十字架を迎ふるは被爆マリアなり〈キリエ・エレイソン〉聖堂《みだう》にみちて

浦上四番崩れも後世《のち》の原爆も大いなる蒼穹のもとのあやまち

崩れ＝キリシタン検挙事件

わが過去に見過ごして来しものの一つ　焼け跡に飢ゑ鳴いてゐた猫

わが過去に紡ぎ得ざりしものの一つ　にくしみをあたため花に変へる詩

米国人学長の賜《た》びし竹のロザリオたぐればさやか風の音する

ノートルダム清心女子大、故エーメー・ジュリー学長　二首

教育者にて修道女きみが掌のあたたかかりき大戦をこえて

告解部屋の小空間にひざまづく二十歳《はたち》のこころとほくかなしむ

終世の守秘ゆゑあまたの告解を聴きたる双耳《さうじ》苦しかるらむ

晩夏光　愛にゆらぐ日ふるさとの白桃は全きすがたを保つ

あすはなきものと思はば汗牛《かんぎう》の書より足下《そつか》のつゆ草の青

鐘

終戦記念日を敗戦記念日と言ひ直す人のこころにある暗い淵

原爆を書くまでに二十年かかりしと告白す被爆作家林京子は

たましひを内に抱きしめ十一時二分の鐘をテレビに聴けり

八十二歳の戴く真白き円形帽《ズケット》に降りそそぐなり長崎の雨

フランシスコ教皇初来日

核廃絶の調印拒む被爆国を去りゆかれたりかの使徒のやうに

おほぞらの深きところにあはれみの無限旋律の歌があるべし

あとがき

『あめつちの哀歌』は私の第六歌集になります。前歌集『約束の地まで』（二〇一五）以降、二〇二〇年までの五年間の作品を収めました。所属歌誌「かりん」を主に、総合誌紙に発表した作品も併せ、ほぼ編年体に沿っています。

この間二〇一八年五月には、歌誌創刊四〇周年の節目を迎えました。創刊会員の私にとって、とりわけ感慨深い「40周年記念特集号」の作品を軸に、それ以前をⅠに、以後をⅡに構成しました。また各章の始めには、日ごろ愛誦する日米二人の詩人、八木重吉とエミリ・ディキンソンの詩句（亀井俊介訳）を飾り、各々の詩魂と詩論をあますなく表象する言葉を自らへの贈り物としました。

四三〇首あまりの収録歌を振り返りますと、先のオバマ大統領初来広の歌で始まり、終わりのフランシスコ教皇初来日の歌に至るまで、五年という年月ながら改めて忘れがたい時代に身を置いていたことを思います。

さらに、歌集を編むさなかに新型コロナウイルスの感染が広がり、その脅威はまたたくまに全地球上へと拡大しました。私の住む横浜では、港に停泊する大型客船ダイヤモンド・プリンセス号から、次々に感染者が運び出される光景が連日テレビで報じられ、いつも散策を楽しむ大桟橋周辺からも人影が絶えました。やがて緊急事態宣言発令のもと、結社の大会、歌会、講座などすべての行事が中止され、移動も制限されました。医療従事者のいる私の家では、今も言い知れぬ不安に晒されています。

これまで経験したことのない、厳しい状況下での出版には何度か逡巡しましたが、私なりの〈時〉があると受け止め、ここに辿りつくことが出来ました。

歌集名にある〈哀歌〉は、旧約聖書中の章名に拠るものです。戦争、分断、差別、貧困、虐待、そしてまさに目前の疫病まで、紀元前に語られた風景が、はるか久遠の時空を超えて、紀元後の今日の風景に投影されていることを感じずにははいられません。どの世紀にも人間の普遍のかなしみが充ちていることを思います。

今年は戦後七十五年です。社会的意味とは別に、個人的には懐かしく愛情に満ちた祖父母や父母、二人の姉を喪った歳月でもあります。しかし喪失は、また新しく若々しい未来ある家族を私に与えてくれました。あしたの平安へと続く、いくつもの祈りをこの歌集名に託しました。

馬場あき子先生の膝下で、実に四〇年以上も歌のある人生を得られました幸運に深い感謝を捧げます。今は亡き岩田正先生と共に、きびしく温かく、ひとすじに導かれた日々を想い返しています。

「かりん」という瑞々しい歌誌では、つねに世代をこえて新鮮な刺激を受けることが出来ました。編集を担われる坂井修一様をはじめ、歌友の皆様に厚くお礼申し上げます。また、創刊翌年に発足しました「かりん横浜歌会」の方たちの友情にも長く支えられました。

本集は『無限の海に向かって』（一九八八）、『聖鐘』（一九九五）と同様に、三たび本阿弥書店様のお世話になりました。

本阿弥秀雄様、編集長の奥田洋子様、担当の佐藤碧様には、終始こまやかなお心遣いをたまわり有難うございました。心よりお礼申し上げます。

カバーは、パリの旅で仰ぎ見たノートルダム大聖堂の薔薇窓です。〈ノートルダム〉という名称は、ナミュール・ノートルダム修道院を母体とする大学にまなんだ私には親しく、季節を、感情を、呼び戻してくれます。小川邦恵様の鮮やかで美しい装丁に感謝いたします。

二〇二〇年　朱夏

高尾　文子

かりん叢書第三七〇篇
歌集　あめつちの哀歌《あいか》
二〇二〇年十一月十一日　初版発行
著　者　高尾《たかお》　文子《ふみこ》
〒二三六―〇〇五二
神奈川県横浜市金沢区富岡西五―九―一七
発行者　奥田　洋子
発行所　本阿弥《ほんあみ》書店
〒一〇一―〇〇六四
東京都千代田区神田猿楽町二―一―八　三恵ビル
電話　（〇三）三二九四―七〇六八（代）
振替　〇〇一〇〇―五―一六四四三〇
印刷・製本＝三和印刷（株）
定価　本体二七〇〇円（税別）

ISBN 978-4-7768-1517-4 C0092(3233)　Printed in Japan